竹韵悠长

郭香灼 著

海峡出版发行集团 | 海峡书局
THE STRAITS PUBLISHING & DISTRIBUTING GROUP

图书在版编目（CIP）数据

竹韵悠长／郭香灼著. —福州：海峡书局，2022.8（2024.7
重印）
ISBN 978-7-5567-1000-3

Ⅰ.①竹… Ⅱ.①郭… Ⅲ.①诗集-中国-当代Ⅳ.①I227

中国版本图书馆 CIP 数据核字（2022）第 137670 号

责任编辑　刘晓闽
特约编辑　任　捷
装帧设计　大　玲

竹韵悠长
ZHUYUN YOUCHANG

著　　者　郭香灼
出版发行　海峡书局
地　　址　福州市台江区白马中路 15 号
印　　刷　三河市兴博印务有限公司
厂　　址　河北省三河市杨庄镇大窝头村西
开　　本　890 毫米×1240 毫米　1/32
印　　张　7.25
字　　数　123 千字
版　　次　2022 年 8 月第 1 版
印　　次　2024 年 7 月第 2 次印刷
书　　号　ISBN 978-7-5567-1000-3
定　　价　43.00 元

情真意切　竹韵悠长

杨培森

诗的海洋有最美的贝壳，诗的夜空有最亮的星星，诗的花园有最红的花朵。当我翻阅郭香灼同志的诗稿《竹韵悠长》，不禁为其妙笔生花而喝彩。

郭香灼是烟草行业的退休老同志。他热爱生活，热爱自然，心怀童真，稍微有点不一样的，是他把自己对生活的热爱，对真善美的追求，融入了诗歌。过去的点点滴滴、生活的种种可爱、身边的大事小事，都是他创作的不竭源泉，于是一幅幅人生画卷纷呈在他的笔端。

《竹韵悠长》全书分为四个部分：一是感悟生活，有爱的故事，有情的珍藏，有人的交往，是香灼大半辈子的回忆与情感。二是领略自然，人与自然的水乳交融，大千世界的无限风光，四季光阴的须臾感悟，都在其间。三是超越自我，香灼用自己的思考，在心灵中点燃薪火，在奋斗中感悟人生，在行进中照亮旅程。四是变奏节气，每个节气均有其特点，反映了自然节律变化和丰富的民俗风情。从诗中，我看到了一个笔耕不辍的老朋友、一个心胸豁达的老同志、一个充满童真的老先生。我相信，看过这本诗集的读者，会不知不觉和香灼成为好朋友。

诗是心灵的歌，是炎日中的清凉，是寒冬里的暖茶。古今中外的诗人们，在诗歌里记录自己的人生和思想，给人们以心灵和艺术的双重享受。香灼亦然。希望这本书，能够把香灼对生活的热爱传递给更多的读者朋友，带着更多读者朋友进入诗歌的殿堂，也祝愿香灼在如诗如画的退休生活中，为自己创造一片心灵的净土，为大家创作更多的精品。

百福安康，是以为序。

壬寅年正月

追梦的脚步

觅雪者

香灼先生自从文学梦惊醒后，追梦的脚步就没有停止过，而且一发不可收拾，在短短的几年时间里，陆续出版了散文集《相伴的日子》和诗集《向竹的诗》，这些丰硕的成果令人惊叹。当我接到香灼先生新的诗稿，为他对文学的痴迷，对追求文学的执着与韧性而油生敬意。

香灼先生的诗作，大多由日常点滴汇聚成生活中的美好。曾经一起共过事的同事和部队的战友，他们之间曾经的日常生活、工作与训练，都是香灼先生创作的素材。我们从香灼先生借助枫叶，以拟人化的手法写下的《枫叶情》可窥一斑：

> 优美的舞姿慢慢飘落/它不是花朵胜似花/我站在树下仔细寻找/找寻最红的枫叶/撷取一片/送给最美最善良的你。

这些美好的诗句，得益于香灼先生在日常生活中，注重观察周边的人与事，用诚挚的感情、朴实的语言，还原浓厚的生活与工作气息，以诗的创作技巧，高于生活和工作的本来面貌，道出了平凡人幸福生活的奥秘。正如艾略特说的"诗人必须用周围人真正使用的语言做自己的材料"。香灼先生也以此来丰富自己的创作来源和灵感，使创作的作品贴近生活，充满真情实感，充满亲和力。

香灼先生善于借景延伸自身的意象，使其作品生动活络起来，以求情景交融，借助自然现象的变幻，将心里流动的过程化作诗歌，让我们看到美妙景观的同时，感受到诗人丰富的内心世界。我们来看看《彩虹》这首诗的精彩片断：

雨后的温润拉开了序幕/天边，浮云散漫地流动着/瞬间，一道七彩光抚过/灰蒙蒙的天空似乎有了生命/那轻轻倚在云上的彩虹/它伸着懒腰逐渐拉长/身姿由浅入深/在美丽的色彩中/渲染出一幅如诗画卷。

香灼先生还善于与自然为友，与花草虫鸟对话，擅长用真实的感悟、巧妙的构思以及变化的形式，增强诗的感染力，让人领略其中的浓浓诗情和美好画面，这是难能可贵的。

几十年的人生阅历，是香灼先生厚重的人生积累，是其宝贵的人生财富，他以非淡泊无以明志，非宁静无以致远的理念，融入作品之中。《弯路》是香灼先生尝试这种理念的一首诗，值得细读与品味：

人生最幸福的是走直路/走直路最省力，最安全/宁走十步远，不走一步险/人都渴望走直路/但绝对直的路是没有的/……逆境中，路弯弯/困难时，路弯弯/而成功之路同样曲曲弯弯/不承认弯路的人/就违背了路的辩证法。

香灼先生用轻松的笔触，诠释人生最后二十年的黄金期。他告诫自己，要勇于向前走，要不断探索与学习，他在《跨越自己》这首诗里写道：

当我们走向深冬时/寒冷就不再是个迷/前方的路/总有冰川有大雪/要一直保持最初的浪漫/真是不容易/有人胆怯/有人坚持/当我们跨越了冰雪世界/也就跨越了一个真实自己。

对往后生活的认知，香灼先生写下了不少诗作，其中在《思考》这首诗中，如此说：

在喧嚣中独守一片宁静/守着生命如初的美丽/珍惜上天赐予的点点滴滴/感悟人生，且行且惜/心灵安顿了/平衡了，丰盈了/我们的人生也就快乐了/珍惜最真的情感/感受最近的幸福/享受最美的心情/任时光流转岁月变迁。

香灼先生这样说，也是这样做的，他每天的生活很有规律，学习和劳动是每天的必修课，劳逸结合。

静寂的生活带给香灼先生最好的创作空间，每天笔耕之外，他还在田园里快乐耕耘，也许是他热爱劳作的原因，香灼先生对二十四个节气，倾注了很多的心思。书的第四辑是香灼先生为二十四个节气写的二十四首诗，很有特色。他是一个生活的有心人，对生活满怀热忱，将这些思索和感悟化成了一首首诗作，汇聚在这本集子里。

读者从集子里可以欣赏到翩若惊鸿、婉若游龙的美妙意境，欣赏到情景相得益彰的佳句，领悟到为人处世的哲理，从中获得身心的愉悦以及对人生的美好憧憬，手捧诗集，开卷有益。

2022 年 6 月 15 日

目　录

第一辑　感悟生活

第二辑 领略自然

第三辑 超越自我

第四辑　变奏节气

第一辑 感悟生活

故乡小河

故乡有一条小河

叫桥头浦

记事的时候

小伙伴们都把小河当乐园

放鸭、划船和游泳

无忧无虑地挥洒着天性

小河是故乡最美的风景

河水清澈透明

鱼儿在水中花样舞动

小虾在水面练习弹跳

河水在欢快的轻歌

故乡的河许久未谋面

如今的小河据说修了坝

如画的小河已渐行渐远

而时间告诉我

小河变了

不变的是那嬉戏的欢乐场景

那儿时的情结

枫叶情

秋天来了
我独自飞向这片山林
路边那棵孤独的枫树
开始红了
优美的舞姿慢慢飘落
它不是花朵胜似花
我站在树下仔细寻找
撷取最红的那一片枫叶
送给最美最善良的你
当你收到这片红叶时
你应把它珍藏在书里
让它在书香中憩息
留住那份情那份爱
不要把它丢在风中
因为那是我的思念
也是你的牵挂

冬日的雨

冬日晶亮的雨
突然而至
像一群
远方归来的朋友
在院子里跳动
闪着白光

整个上午
我在书房喝茶
翻阅着处事绝学
体会颇多
此时心情就像
这雨一样的明亮

静　默

时光如水

跟着心灵的方向

拽起沉沉思绪

飘出多彩气球

如诗的赞叹

美妙的经历

甘美的回味

渗透的瞳孔

静默

并非自我陶醉

让心进入一个佳境

舒展随性

飘逸自如

感受纯静与空灵

来一份淡定与从容

走向远方

我的家

我的家在美丽的贵安

满园花草天边的彩练

枝叶繁茂迎风起舞

清晨鸟啭如孩儿吵闹

夜间蛙鸣似交响乐章

小道相连是团结的象征

橄榄树挺拔是园中脊梁

园中环篱飘着花香

园外依山傍水秀丽风光

池塘波光粼粼

绿化带展示环保使者的足迹

当空舞动魂牵梦绕的家

这里是我最挚爱的地方

过　年

儿时，我期盼过年
刚到腊月
就听到了
新年脚步
爆竹声声院子内外
心呈烟花

儿时，我期待过年
在除夕夜
那团圆饭
美味佳肴
让人守岁心存希冀
沉醉不已

儿时，我期望过年
大年初一
礼物到手
鞭炮点燃
有着天真无邪快乐
梦里笑醒

儿时，新年过完了
满怀依恋
跟着岁月
越走越远
却远不去这段记忆
常常追念

六一感怀

清风拂过岁月的面颊
又带来了银铃般声响
六一儿童节纷至沓来
处处洋溢欢乐的海洋
那一队队可爱的孩童
那一朵朵红艳的朝霞
那是祖国未来的希望
瞧一张张稚嫩的笑脸
暖意在我的心头荡漾
年龄不是岁月的距离
都把祖国的美好崇尚
跟上迎新时代的脚步
我们的眼前一样的亮

晨 作

黎明敲开黑夜的门

天渐渐破晓

笼罩着银灰色的轻纱

早起的农人

在田园里享受独自的宁静

浇水的声响

惊醒了瓜果的梦乡

竹篱边一声声鸡鸣

印在微微发亮的晨间

唯有农人起伏的脊背

不断变换角度

给浇过的瓜果洗净尘垢

渐渐豁亮

不速之客

不请自来的小东西
让我怎么对你
天不亮就叽叽喳喳
日落后还喳喳叽叽
每天都能遇见你
蓝鹊、斑鸠和麻雀
还有不知名的黑身长尾
是朋友也是顽敌
你会唱歌会捉虫
几乎什么水果都吃
连菜苗也不放过
也许去掉林子就天下太平
但怎舍得这清新的空气
真不知该怎样对你

白　鹭

抬眼在蓝天下
你张开硕大轻巧的翅膀
向不远处的林子飞去
忽又旋回池塘中
你翩翩起舞穿来穿去
我欣喜地阅读
朴素优美的画面
配几行隽永的文字

其实，就算我
不在你的面前
我也会时常想起你
想你爱自由，无拘无束
一身素白，姿态从容
你一直是我钟情的朋友
这钟爱从没有改变
伴着我的记忆，难忘的风景

赏月感悟

我站在阳台上

喜欢痴痴望明月

月亮在月初的时候

它如同一小牙的西瓜

时光待到十五的那一天

月亮变成一轮满满的皓月

看着它是那么的高不可攀

神秘莫测让人可望不可及

当你仔细瞧着它美丽身影

又会觉得是那么亲切柔和

那么富有人生处事的哲理

月圆月缺是一种自然规律

每个月夜一些变幻的脸

什么是喜，什么是悲

仿佛都有一个故事

人生像一轮月亮

有圆缺有得失

感恩之心

人生

永远不能复制

珍惜每一份缘分

珍惜每一份相遇

既相逢，必相惜

既有缘，必在意

用一颗善良的心

去对待情意

用一颗宽容的心

去恩待朋友

用一颗理解的心

去诚待世人

用一颗仁爱的心

去善待亲人

月夜思母

在这宁静的夜晚

仰望满天星辰

柔和的月光使我又想起

家乡那盏熟悉的灯

灯光下母亲慈祥的面容

每每回家

母亲总是千叮咛万嘱咐

离别时候

母亲总是独倚门栏

遥望着我离去的背影

这些年，无论我在海角天涯

清晰的依然是母亲的模样

总让我常常热泪盈眶

呵！母亲

对您的思念已融入我的血液

您的关爱已深深地扎进了

我的心中

七夕有感

牛郎织女喜相聚，
鸟雀翩翩银汉通。
双手相牵绵绵语，
人生感慨阵阵痛。
红颜常恨时光短，
鹊桥相会情意浓。
美景良宵同欢乐，
千年浪漫动时空。

花甲感言

花甲之年自感言，
立身之本品为先。
尊道秉义承祖训，
重信厚德继圣贤。
甘与常耕结谊友，
愿将常读入诗篇。
淡看浮华心释然，
一世人生如云烟。

重阳抒怀

重重金浪四野宽，
迷离夕照秋菊香。
老树底下弦歌续，
人韶萦绕乐悠祥。
节凝霜露凉风显，
日照山河鸥鹭翔。
快乐轻松在盛世，
乐健安泰春秋享。

观鱼悟

龙宫水府度暑寒，
悠闲自在来徜徉。
晴日浮沉皆锦绣，
雨中嬉闹任意翻。
狂风大浪不畏惧，
风平浪静无忧伤。
凡人若学水中物，
面对人生自坦然。

采摘橙子

一年美景缀枝中，
正是橙黄橘子红。
邀友驱车前去摘，
景动人移乐融融。
嘴馋不怕山坡陡，
甘甜得选美味浓。
意犹未尽满背囊，
归来悠哉果实重。

赞杨家媳妇

心仪端庄画中仙，
情怀担当重任肩。
杨门媳妇品格好，
娟秀柔和为人谦。
娴静犹如花照水，
行动好比马加鞭。
相夫教子自无憾，
持家有方半壁天。

赞恩师

五十六载匆匆过，
恍若弹指一挥间。
忆昔风华正茂时，
三尺讲台执教鞭。
慈母之心严父相，
貌似威严心爱怜。
悉心耕耘育桃李，
师生情谊驻心田。
喜看弟子多俊才，
自比园丁豪情添。

鹧鸪天

感　怀

人到老年方退休，
生活模式重新修。
老树风韵随浪漫，
吟风弄月乐悠悠。

丹桂馨，
重九欢。
快乐时光心中装。
但愿长者皆体健，
国泰民安沐春秋。

家

玲珑小屋的家
哺育新生命的摇篮
心有所栖的地方
调整自我情绪的自由空间

家是情感特区
一道空白乐谱等候创作
拒绝容纳异端崇尚节制
真善美便是温馨和谐的音符

家如同一个合作社
每一位成员都辛勤劳动
忙忙碌碌无怨无悔
享受给予和一份义务

女人柔软细腻来抚慰
男人慷慨大度来烘托
更有孩子天真烂漫来充实
家是生命的起点也是终点

致小 A

光阴涡轮不知不觉
已转过十二个春秋
孩儿的故事成浮云
已被岁月神偷吹散
曾经你稚气的脸庞
也有了时间的痕迹
不再那么粉嫩粉嫩
曾经纯洁清澈双眼
如今变得炯炯有神
小学的经历已过往
初中的情景还会变
唯有期望不能变的
是那颗向上进取心
有了它当你疑惑时
你会看到前面曙光
有了它当你奋进时
你会努力走向胜利

女　儿

一直盼望着

掌上明珠的女儿

能走向远航

寻找生命的风帆

找准前进中的航向

人生有了信仰

就要勇敢地去追

不去看身后的倒影

抛开记忆中的拷贝

莫去想父母是否驼背

砌好自己的巢

干好自己的事

永远笑着向前

奔向属于自己的彼岸

暖　阳

冬日的暖阳

透着玻璃窗直射进来

暖洋洋的

人的思维似乎变得清澈

在躺椅上

翻阅世界美景

欣赏山川秀水

或伏案写诗篇

给自己一片恬淡宁静

素雅温馨的情调

仿佛化作了一棵小草

舒坦在阳光里

立夏之夜

夜里的花园
暗香熙熙攘攘
微风徐徐

满天星斗
月光如雪
倾听柔绵的音符

这曼妙的风景
舍不得独自饮醉
弥漫着思念不可言说

默默致我最在乎的人
愿立夏给你带来好运
幸福如月光般惬意
快乐在生活中释放

走进六月

弹去五月的风尘
迎来六月的阳光
心像怒放的花朵
荡起欢乐的海洋

六月是少年儿童的世界
梦想的摇篮，纯真无邪

六月是百花盛开的世界
新蕾的绽放，拂面浓馥

六月是莘莘学子的世界
快乐的鱼儿，鱼跃龙门

六月是庄严神圣的世界
面朝着队旗，心向远方

朋友情

朋友情尘封的记忆
烙在了大家的心里
无论怎样时光荏苒
无法从脑海里抹去

朋友情溢香的醇酒
藏在了友情岁月里
无论如何变换年轮
无法唤醒情的醉意

朋友情精美的画卷
刻在了你我思念里
无论多么优美风景
无法把这幅画更替

朋友情不朽的史诗
印在了友人经历里
无论什么岁月生涯
无法遮盖彼此心灵

相　聚

你，来了

我，来了

大家都来了

你认出了我

我认出了你

大家都认出来了

五十载春秋

没有模糊你的样子

五十年风雨

没有忘记你的名字

因为在我的心里

永远有你的位置

亲爱的同学

记得屿头山校园

绿荫匝地的小道

白杨掩映的操场

结缘明亮的课堂

五十年前

我们在这里成为同窗

时光荏苒

岁月如歌

回首青春年华

不仅获得了学业

更收获了友谊

激情燃烧的岁月

是那么的美好

今天同学相聚

似蓝天白云悠悠

像夜空璀璨的星星

映照着彼此难忘的心

致战友

最美好的年纪里相遇
青春的记忆常关于你
观察所奋笔计算的我
阵地上猛烈炮击的你
训练归黄昏下的咱们
成了军旅一道风景线
多年后你我各奔东西
但对彼此情谊都没忘
忘不了在一起的时光
忘不了你给我的快乐
你已融入我的生命里
无论过多久真情不变

携 手

小区里一棵棵大树
那是我心中的绿荫
后方有一座座高山
那是你博大的胸襟
我常常在树下休憩
去编织晚年的憧憬
你在山脚勤奋忙碌
去追寻那年轻足迹
天上飘着彩云朵朵
述说着人间的友爱
东方冉冉升起红日
照亮人生前方路径
我愿与你携手同行
共建小区美丽家园

真 情

真情如诗

真情如水

真情如酒

关于雷锋

关于奉献精神

你需要帮助吗

我能帮你做点什么

亲爱的人们

我给你真

我给你情

你还我真

你还我情

真情是温柔的花雨

滋润着人们的心田

真情是幸福的蓓蕾

充满着人间的友爱

让我们多点真情吧

九仙山

夏日炎炎

被誉为纳凉圣地的福州鼓岭

神秘而凉爽

游人都无比向往

虽离我们近

但夏季人满为患

有个地方堪比鼓岭

夏季最高温度不超过 30℃

有雄伟壮观的美翠海

有颜色深浅不一的湖泊

一年四季处处为景

它就是德化的九仙山

不信，一睹芳容

八月乡村

八月是一首质朴的诗

诠释了"粒粒皆辛苦"的内涵

八月是收获的季节

丰收之战

没有硝烟，却有疲惫

任凭汗水湿透衣裳

稻叶划伤手脚

人们有着"不破楼兰终不还"的气概

有着对土地的热爱

有着对生活的追求

懂事的孩子不会闲着

加入了抢收的战役中

他们被晒得面红耳赤

经过辛苦与磨炼

相信将来走出农村

会多一份坚韧与斗志

清　晨

当晚霞不再红

夜晚不再暗

当梦不再圆

疲惫已消散

在这凉如水，温如玉的早晨

我走进园子辛勤劳作

一花一草，一树一叶

浇水、拔草、打理

渗入我生命的土壤

向我昭示着搏击的哲理

奔忙流汗的清晨

给我一缕青葱葱的召唤

我期待每天的清晨

如同期待我人生的恋人

思 乡

闲暇里总爱仰望天空

看云朵漂移

小鸟飞翔

在天边有我的故乡

是我最温暖的地方

家乡景色盛满了

童年的酣梦

青年的爱情

还有无可奉告的点点惆怅

那时星空缀满了梦幻

萤火带着梦想飞扬

那里没有尔虞我诈

只有云祥人安康

竹韵浓浓花飘香

是人生温柔的起点

乡　愁

在红叶飘落的时候

纷纷扬扬的落叶

铭记的故乡情

涌上了心头

漂泊游子

采一枚

红叶

念

秋与冬徘徊的时候

绝美深沉的意境

藏在心中的诗

对故土眷恋

大雁南飞

翔如风

似远

恋

秋 夜

夜，真静

独坐在屋里

驰骋着纷呈的思绪

有比这更心驰神往的吗

夜，好深

听一曲轻音乐

品一段现代诗佳句

有比这更激荡心扉的吗

夜，沉寂

心系着灵感

薄纸笔墨化作诗文

有比这更充实富有的吗

闪闪繁星缀夜幕

你是天空一支永恒的歌

徐徐清风一缕缕

我的窗口时常有你的呢喃

秋夜，与你握手

我的梦好香

落 叶

秋天的美在于落叶

在于苍凉

美丽的景致衬托出思念

不论怎样说

思念是一笔财富

一次次凝聚深情的电话

一条条散发温馨的微信

一张张表达真挚问候的贺卡

岁月可以像落叶一样飘逝

但这笔财富永存

在你迢迢的人生旅途上

它会永远陪伴着你

给你绵绵不绝的温暖

提供取之不竭的动力

漫步感怀

西湖栈道很长
人是那么悠然
我喜欢肩并肩
你喜欢手拉手
风的呼吸
花的语言
光的温度
梦的流连
遥想当年起漫步
纯真向天际弥撒

西湖栈道很宽
人是那么悠哉
我喜欢垂柳影
你喜欢湖水美
眼中有景

景把心牵
心中有话
时光流连
如今暮年起漫步
甜蜜如景色欣然

幸福是那么简单
只因你在我身边
光阴是那么静好
只因你情意绵长

感恩节

花落梦里

在这红叶飘零的季节

我想画一幅画

用枫叶一样的红

画出一颗感恩的心

涂满初冬的色彩

渲染鲜花的清香

洒下真诚的祝福

一起献给

我最敬爱的老师

清明节

又是一年清明节

天沉沉，雨蒙蒙

飘落着晶莹的水珠

苍天泪，微风凉

行山路祭祖先

杨柳绿丫渐出头

延续着，昨日落叶的轮替

桃花梨花满枝头

延续着，花开花落的生息

春天点缀着哀伤的风景

点一烛清香

飘在空中的烟雾像很长的桥

烧带图案的纸

轻盈地飘动醉在尘世

静默，哀思

心　境

心幸福了日子才轻松
人自在了一生才值得
想得太多便容易烦恼
在乎太多更容易累倒
好好地珍惜身边的人
因为没有下辈子相识
好好地感受生活的乐
因为转瞬即逝如云烟
好好体会生命的每天
因为只有今生没来世

平　淡

平淡是蓝天的一片流云

轻轻盈盈地飘着，不紧不慢

平淡是山野的一朵小花

安安闲闲地开着，不妖不艳

人生的长河

需要波澜壮阔的波涛

也需要轻柔的涟漪

人生的历程

需要蓬蓬勃勃的春天

也需要冬日的闲静

平凡的事业

需要标新立异的开拓

也需要辛勤的耕耘

平淡不是生命之火熄灭

平淡是搏击之后的小憩

学会在平淡的日子里

享受人生的另一番情趣

年味随感

祝愿词汇意绵绵，
团圆气氛漫身边。
小月清风大寒至，
玲珑芳影展笑脸。
除夕之夜喜无穷，
初一晨曦福绕前。
盛世年华度佳节，
乐舞欢歌伴梦甜。

书 怀

离岗顿觉一身轻，
畅行无阻乐其中。
沐风踏青迎旭日，
阡陌路上送霞红。
词填一阕诗情赋，
耕作三分画意浓。
人生过客不老春，
在世从容福无冬。

张老八十寿辰

骆马湖伴雪纷飞，
银装素裹示冬浓。
风清云淡逢喜日，
红日高照暖心中。
八十阳春岂等闲，
几多艰辛化葱茏。
长圆好梦华年美，
寿胜南山不老松。

挚　友

挚友结交贵在真，
志趣投缘赐玉音。
三观一致有信仰，
六欲相同好胸襟。
迷津之时有净言，
得意力求冷水倾。
高山流水遇知音，
珍惜缘分重在情。

郭宅古居

古街古朴古民宅，
子仪文化祠堂藏。
竹韵悠久存故事，
闽都工艺叙华章。
七星桥上说将军，
二里老铺经典扬。
郭氏名人传佳话，
桥头恬静致雅长。

诗二首

夕　阳

一片霞光嵌天边，
山水入画暮色间。
沉静之美不娇艳，
浅唱低吟贵在谦。

小　照

军旅岁月留倩影，
一身戎装相貌英。
四十六载恍然过，
小照依然年轻轻。

诗二首

灼　见

赤日炎炎似火烧，

一到福州人半焦。

明日重返九仙山，

清凉一夏乐逍遥。

读书乐

伏天实难熬，

出游难下脚。

宅家书中乐，

避暑挺逍遥。

抗疫二首

一

病毒华夏侵，
汹汹万众惊。
举国齐抗疫，
日出海天清。

二

闭门不出宅，
园子观花海。
居家冬雪过，
笑迎春讯来。

采桑子

闲 居

生活弹奏交响乐，
健身锻炼，
笔墨诗文，
快乐日子画扇窗。

年迈齐唱心灵曲，
梅兰竹菊，
傲幽坚淡，
不作媚世如君子。

临江仙

腊　八

腊八将迎新岁来，
朝阳照耀家乡。
时逢腊八千家喜。
瑞雪乡村美，
红梅满院缤。

一锅粥煮瑞祥开，
侨门篱院人家。
节遇寒双百事兴。
糜粥香甜溢，
盛年万象新。

姐妹花

一说六中姐妹花
姐妹花，青春的花
齐学习，共进步
同劳动，互关爱
在校逗不完的乐
放学憋不住的心里话
不是一家如同一家

二说六中姐妹花
姐妹花，夕阳的花
常相约，勤交流
退休后，圆康乐
哪家喜事同分享
哪个遇困就有姐妹花
不是一家胜似一家

岁月伴随姐妹花
你我她，幸福的花

情 感

情感

是一幅多彩的画

这幅画

画满了亲情的关爱

情感

是一首美丽的诗

这首诗

写满了友情的温馨

情感

是一曲悠扬的乐章

这曲乐章

温暖着彼此的心窝

情感

是一面明亮的镜子

你笑了

瞧！对方亦笑了

爱　心

一位年轻的保育员
帮白白胖胖的婴儿翻了翻身
擦了擦婴儿嘴角溢出的奶水
泛红着脸抱起婴儿
放进婴儿车

一位年轻的护理工
帮嘴歪眼斜的老人翻了翻身
擦了擦老人嘴角流出的口水
憋得发紫的脸抱起老人
放进轮椅

同样的动作，不同的场景
过程却是一样的
她推着他
向爱心的道上走去

友　谊

不是拉帮结派

也不是小团体主义

友谊的旗帜上写着：

纯洁、友情和互信

是险路中跌倒的扶起

是危船上共划的双桨

是雨后的阳光

如何才能获得友谊

不为你的直言而懊悔

不为你的过失而责备

不为你的失败而气馁

忌讳虚荣虚伪与虚情

青睐真诚真情与真心

友谊实属不易

财富不一定是朋友

而朋友却是财富

浅

当人深陷孤独

无法自拔的时候

最好浅些，再浅些

深则是一种痛苦

一种人性的失落

浅则是一种解脱

一种人性的复归

深浅原本没有界线

对于生活的溪流

何必谈什么抽象的深浅

一段浅浅的流水

若有三两朵洁白浪花

几粒玲珑的彩石

不就很美了么

自　重

你看那云，悠悠扬扬

忽而随风东去

忽而随风西行

夕阳下

变幻出多么娇柔的模样

摆弄出多少绚丽的姿影

却稍有冷流便化为泪雨

人不也一样吗

当一个人在众人面前失态

当一个人丧失了传统美德

易从轻浮的空间跌落

自重和一个人尊严连在一起

山自重，不失其威峻

海自重，不失其辽阔

人自重才是真正有筋骨的人

百　味

生活需要百味

酸甜苦辣都得来点

只吃甜食

会模糊探索人生的双眼

会麻木感情生活的味觉

只咽苦水

会削弱人生奋进的羽翼

会迷失领略生活的方向

缺少酸甜苦辣

就好像饮食中缺少油盐酱醋

就好像色彩里缺少黄绿红蓝

人生的岁月悠悠也短暂

人生的道路漫漫也有限

是甜，来点苦的

是苦，来点甜的

尝过酸甜苦辣的人生

才是充实的人生

学会放弃

苦苦地挽留太阳，是傻瓜

久久地感伤春光，是蠢人

什么也不放弃的人

常会失去更珍贵的东西

今天的放弃

是为了明天的得到

人生应学会放弃

可以轻装上阵

身心沉浸在轻松宁静中

放弃可以改善形象

赢得众人的信赖和支持

放弃什么

放弃心中所有不堪负荷

次要、枝节和多余

理　解

每个人都渴望理解

理解、被理解和理解自己

不理解他人的人

难以团结生活事业的同盟军

不被他人理解的人

难以摆脱孤独苦闷的阴影

不理解自己的人

难以把握自己的人生航向

而只有理解，才能

在漫漫求索途中不昏不迷

有时候，理解是一股热源

能给人以无穷的力量

有时候，理解是一架罗盘

能改变人一生的走向

有时候，理解是一道霓虹

能给人生活增添绮丽

我的儿时

儿时岁月韵味长，
童真再现是家乡。
堤上滚环放风筝，
河边寻踪躲猫藏。
课间笃学出成绩，
放学笛音歌嘹亮。
难忘当年情景处，
儿诗少韵墨留香。

观后感

三十六集电视剧，
立德大爱林默娘。
善良本色温如玉，
缱绻芳心美若娇。
拯救海难功盖世，
治病消灾誉凌霄。
融融岁月远乡愁，
代代相传人知晓。

赞俊平医生

疾病隐体二十载，
血糖居高惊难容。
四面求医心切切，
八方就诊意融融。
省立医博赛扁鹊，
俊平妙手解疾恐。
良术仁爱真高尚，
医患相谐情谊浓。

福百龄

幸福港湾老年人，
温馨施爱福百龄。
夕时汩汩滋甘露，
爱意融融保康宁。
入居舒适贴心袄，
烹饪得宜皆上品。
谁言孤独无人问？
且看乐老情满庭！

第二辑 领略自然

春

春江水暖

江河刚储存好冬的记忆

却又浸染了春的诗意

冰雪消融

和风徐徐

沉睡一冬的草木

蜷缩一季的人们

全都灵动起来了

沐浴柔美的春光

踏上春天的大道

那轻盈的脚步

酝酿一个季节的故事

萌发一个美丽的梦想

彩 虹

雨后的温润拉开了序幕
天边，浮云散漫地流动着
一道七彩光抚过
灰蒙蒙的天空似乎有了生命

那轻轻倚在云上的彩虹
伸着懒腰逐渐拉长
身姿由浅入深
在美丽的色彩中
渲染出一幅如诗画卷
图案灵动极了
不知该夸彩虹
还是该夸大自然的奇妙

它逐步被时间抛弃
美丽的身影渐渐散去
慢慢地变淡缩至无形
我深吸一口气，看了又看天空
迷恋着那抹艳丽

晨 韵

枝头小鸟鸣唱

叫来了晨曦

大地编织着晶莹剔透的衣衫

裁剪出十里春风的裙带

潜在水中的鱼儿

透露了春江水暖的秘密

晨曦用指点江山的画笔

在大地上书写怡然的诗句

你在晨练的脸上

你在鸟儿的心间

你在诗人的笔下

春的魅力

花朵苏醒了
开出楚楚动人的花苞
一派生机盎然的景象
和着春风，蜂蝶花中忙碌

小草苏醒了
睁开蒙眬的睡眼
从泥土里探出了脑袋
和着春风，让大地换绿装

江河苏醒了
无穷的力量
敢叫厚实冰层换模样
和着春风，一改往日娴静

田野苏醒了
此时麦苗返青一望无际

就像一幅彩色水墨画
和着春风，在绿波中闪耀

万物复苏了
生机勃勃的春姑娘
迈着轻盈的步子来了
和着春风，绽放明媚的笑颜

红　樱

一串串红樱

从上空走来

靓丽的身影

在春风的枝头

轻盈飘荡

羞红的面颊

灼灼一笑

便把二月点得

春意盎然

在摄者的镜头

在画家的笔下

在诗人的心间

那样的雍容华贵

随　笔

六月花朵

沐浴着阳光

摇曳在夏风中

阵阵飘逸着馨香

在季节转角处张望

似张张笑脸甜甜绽放

六月风儿

轻轻柔柔的

随着季节辗转

褪去淡淡的忧伤

曾经岁月云淡风轻

只在记忆笔尖流淌

六月情怀

望白云片片

倾听流水潺潺

徜徉在沿路风景

拾一行途中的诗意

在悠悠的岁月中吟唱

夏　夜

步入悠闲美丽的夜晚

满月升起

大地镀上了一层水银

散文诗一样的情调

抵达我的心境

与夏夜一起摇曳

我们是幸福的恋人

有一种无言的默契

有一种长长的读后感

你有潇洒的风韵

你有一万种风情

潜流在深夜的风里

我的畅想

恬恬欲醉

为一种惬意悠然自处

久久不肯离去

荔 枝

夏之风

吹响了丰收的乐章

枝头缀满了红宝石

清香四溢

那是水果的宴会将要开始

夏之雨

敲响了大地的琴键

红宝石变得更鲜亮

垂涎欲滴

那为硕果伴奏为丰盈歌唱

红宝石在风中悠悠

白云朵在天空飘飘

那是庆丰的画面

久违的气息

四季的月

春天，望着圆盘一样的月亮
月宫里嫦娥正在翩翩起舞
玉兔伴唱着《月亮代表我的心》
你会如痴如醉

夏天，望着圆盘一样的月亮
耳听着不知名的虫儿鸣叫
闻着庄稼香味和农人的笑容
你会如梦如幻

秋天，望着圆盘一样的月亮
情景更是稻花香里说丰年
听取蛙声一片奏响了庆丰乐
你会美妙绝伦

冬天，望着圆盘一样的月亮
雪地上月亮银光如同白昼
一路留下身后一串串的脚印
你会其乐无穷

秋　季

想要寻觅

最妖娆色彩

描绘你的富饶

丰腴粒粒谷穗上

秋风吹拂翻着金浪

想要找到

最深情文字

记录你的丰盈

缀满枝头的花果

飘出了季节的馨香

想要用尽

最美好时光

追随你的身影

山中秋林映落日

天边彩霞酡红如醉

想要守候
你芬芳明媚
你的落寂枯萎
季节所有的一切
是我看不倦的风景

金秋十月

金秋十月

秋风带着微笑

唱着歌来了

飞过山川

飞过江河

送来桂香、果香、稻米香

带走酷热

留下凉爽

金秋十月

秋风带着微笑

唱着歌来了

时光琴键

奏响乐章

飞旋工厂、农村、军营里

纷纷祝福

祖国华诞

玉龙草

玉龙草在园子里摇曳

守望着辽阔的天空

借助风的温柔

它从不寂寞从不烦恼

它从不娇宠从不虚荣

它从天地间冬去春来

平静，始终喜爱绿的自我

玉龙草在园子里摇曳

守护着宽阔的大地

借助水的清明

它不懂得撒谎与欺骗

它不懂得索取与忧伤

它不愧于世界与大地

纯净，始终喜爱绿的自我

三角梅

狭小花盆盛着两株三角梅
一株粉色，一株紫色
它们一齐吐绿，一齐开花
常常为一片阳光，针锋相对

当我决定移走其中一株
刨开一小块泥土
发现它们不发达的根系
紧紧缠绕在一起

哦，这两株看似势不两立
多么像狭路相逢的夫妻
生活土层下
早已暗中和解

花海掠影

风车布满天
浪漫又缤纷
谁的相机摄眼前
春风拂面
风车转悠
春光回归少儿心

樱花画中走
花开春满园
谁的相机在眼帘
姹紫嫣红
暗香浮动
笑声咯咯鸟儿惊

狂野来飙车
战神在冲锋
谁的相机在拍摄

个个勇士

只见青春

美轮美奂有乾坤

家乡桥

桥西人流不息
桥东碌碌庸庸
桥上，坐落着
凉爽的亭阁

南面波光粼粼
北面涛涛不穷
桥上，高挂着
灿烂的灯笼

昨天渐行渐远
今天花丛树木
桥上，衬托着
繁荣的新貌

元　旦

新年来临紫气旋，
冬日暖暖别旧年。
千门吉庆迎春早，
百业兴隆小康显。
岁月祥和方觉快，
前程似锦福音连。
盛世年华元开始，
来年跃马更加鞭。

冬日晨韵

一宵寒冬涤尘埃，
清晨窗外白霜皑。
缕缕冷风追梦去，
灿灿晨光送暖来。
结伴双双品冬韵，
漫步悠悠观松柏。
晨息淡雅心怡静，
冬日美景胜蓬莱。

元宵夜

一轮明月寄团圆，
万户迎春喜气连。
爆竹礼花欢意竞，
曼舞轻歌度情翩。
人在灯中融融乐，
灯在人中熠熠绵。
感慨今宵逢盛世，
七彩星光夜无眠。

春的气息

春风十里万物兴，
梨花盛开柳叶新。
黄鹂声声鸣雨后，
白鹭飞飞映水清。
苍穹静静浮云意，
田园悠悠思乡情。
春意盎然追梦去，
独醉春色晨昏吟。

贵谷美景

花红柳绿争娇艳，
水碧风清景物幽。
欢快鸟儿声脆脆，
畅游鱼儿乐悠悠。
湖光山色相辉映，
当空星月水底留。
秀美风光去寻觅，
悠然自得更何求。

东钱湖

碧水连山钱湖间，
上空鸥鹭在翩跹。
春色有情四月柳，
夕阳难理一湖烟。
飘荡柳叶如舞韵，
扬声白浪似管弦。
沿岸挽风拂客过，
零星别墅浮眼前。

石浦古街

幽幽老古镇，
街巷拾阶行。
远眺沧桑色，
近瞧商机迎。
半城故事多，
人杰地灵隐。
景状美如画，
人醉古风情。

乡村采风

生态金砂绚丽天，
红蚪公社聚乡贤。
瓜果飘香田园缀，
蚪戏粮丰福地显。
宜业宜居好去处，
富裕富足乐神仙。
美味佳肴迎远客，
乡村振兴映眼前。

避　暑

东风邀约仁山行，

漫步溪边丽日迎。

溪水碧蓝潺潺流，

路旁柳绿亮晶莹。

蝉鸣放歌情切切，

鹭峙展翅意频频。

暑天寻凉何方觅？

溪边避暑最牵情。

秋　收

雁鸣远天长排行，
秋风吹拂心徜徉。
农机声响田野荡，
农人收割正繁忙。
粒粒麦子芒刺褪，
颗颗稻谷露金黄。
犹记庄稼播种时，
如今已是庆丰祥。

中秋抒怀

秋风阵阵中秋至，
月色朦朦秋意浓。
明月高照耀九州，
万家团圆温馨融。
嫦娥挚情献歌舞，
玉兔深邃笑语中。
花好月圆风入梦，
人月双圆情似虹。

茶　花

秀香家园妙景佳，
晨光暖阳映茶花。
团团锦绣祥云动，
朵朵花儿姿色华。
一曲春韵迷赏客，
十分撩人醉图画。
观摩惬意园中走，
谁不赞美顶呱呱！

黄皮果

蝉唱动高枝，
欣逢果黄时。
园中花吐韵，
满树果成诗。
近闻香甜味，
远瞧丰收喜。
采摘多雅兴，
吟诵醉不辞。

鹧鸪天

龙潭村居

枝头喜鹊喳喳喧，
龙潭剪艺锦绣篇。
长廊灯笼高高挂，
溪中鹅鸭舞翩跹。

寻青山，
觅绿水。
问询此处是桃源。
风光旖旎空气鲜，
生态平衡乐此间。

鹧鸪天

漈下古村落

日暖风和鸟儿翾，
村舍炊燃袅袅烟。
一桥飞架跨南北，
两岸游人笑语喧。

古村落，
小溪欢。
历史珍迹留其间。
清新空气风光好，
来此休闲胜似仙。

鹧鸪天

喜鸽

晨光飘飘雾散失，
喜鸽一早来家中。
凉台忽听鸟语声，
窗前望去美喜鸽。

左望望，
右盼盼。
无欲送喜迎新年。
何方喜鸽来报喜？
瞧这好运乐其间！

兰花赋

兰花雅，兰花俏
长在深山幽谷旁
不为寂寥而逊色
只为送来一缕香

兰花雅，兰花俏
细小枝叶抵风霜
历尽风雨气自昂
婀娜多姿沁心香

兰花雅，兰花俏
明月清风伴成长
不为华贵不恋光
任是无人郁幽香

兰花雅，兰花俏
花中四君你最靓
文人墨客齐赞赏
芬馥清风阵阵香

春雨过后

一场春雨过后
从树上滴下来的水珠
滴在了嫩绿的草地上
小草笑得合不拢嘴

水珠滴在小花里
小花露出迷人的微笑
显得格外美丽
特别清亮鲜艳夺目

水珠滴在老松树上
老松树不再孤独
喝足了水
枝干有了新的生机

春雨过后
在乡间小路走走
迎接五彩缤纷的天地
你会感到别有一番情趣

寻 春

昨日一天的雨

今天太阳在云端探头

洗尽尘埃的大地

阳光普照乡村

铺开一幅绚丽的画卷

图案面色是花色的

似梨花、桃花和杜鹃花

图案底色是绿色的

如树叶、草丛与禾苗

其实我也在图画中

我追寻着春

一会儿踏青

一会儿赏花

一会儿驻足

像一棵小草融入了春

登鼓山

早晨，拾阶而上

山上飘着淡淡的浮云

一簇簇的绿在眼前涌动

阳光挥洒金光从树缝中射入

跳跃在树上的希望种子

活泼如小孩一样调皮

一块又一块的翡翠

遮住了淡蓝的天空

投下了清凉和绿影

在山顶放眼望去

只见金色的薄雾有几座高楼隐隐约约

整个城市蒙上了神奇面纱

俯视一大团一大团的榕树

我猜，这就是榕城的由来吧

闽江即景

黄昏，天边微妙的淡橙轻纱

隐约有一轮明月

夕阳辉映着湛蓝的江面

水平如镜

凉风习习

几只小小的渔船时隐时现

江面飘来渔民们欢乐的歌声

随着夜色降临

月亮洒下一片片银光

闽江就像一条流动的带子

乳白的色彩微微起伏

让人如痴如醉

春雨悠悠

四月的雨格外充盈

一帘接着一帘

细雨蒙蒙的画面

从来不会爽约

它总能如期而至

一叶扁舟

小桥流水

春雨夹杂着悠悠的思念

情愫荡漾在遥远的回忆

酒杯举起

各种情思交缠

风轻扬、雨轻落

落在远方

也落在心田

鸟 儿

漫步园中小路

色彩各异的鸟儿

你追我赶掠过

一群鸟儿唱着歌谣

像绕膝孩童在吵吵闹闹

另一群鸟儿翩翩起舞

似恩爱夫妻窃窃私语

它们啁啾鸣啼无忧无虑

鸟羽擦亮了蓝天

悠然的身影点缀着晨空

如一缕缕清风轻轻呢喃

逐渐蔓延你的世界

感受生命的爱抚和欢欣

让你远离浮华

忘却凡尘

蛙　鸣

从不在明媚阳光下倾诉衷情
不像那讨人喜欢的鹦鹉
站在高高枝头学舌献着殷勤

也不在夕阳红遍时低吟浅唱
不像那无名之辈的小鸟
叽叽喳喳地吹捧着岁月流金

更不在寒冬腊月里哗众取宠
不像那翩翩起舞的山鸡
在林中园地卖弄自己的声音

总把感情投入到夜晚闹剧中
开场就意味着激情来临
在火热的日子里奏起交响乐

夜 色

十五月光如银

楼宇灯火燃亮

江边人静蛙鸣

高远天空萤火雀跃

这就是贵安的模样

松开酷暑的弦

融进绚丽的夜

品咂着生活五味

把梦想装入怀中

孤独的诗人

借助夜的华彩

释然着心中的凉意

夏日一角

田野上忙碌

竹篱边犬吠鸡鸣

红透的荔枝挂满江边

拉个满网笑开渔夫的脸

我独自来江边休憩

看着江面的波光

静听小鸟清脆的呼唤

蓝天白云朵朵

心情顿觉爽朗

我捡起厚厚土块

管它那儿深

这儿浅

投向了水中，即刻

荡起浪花

波纹起伏

人生像浪花也似波纹

溪流感怀

喜欢听溪边鸟鸣

喜欢看潺湲流水

那种清净无染与澄澈

蜿蜒绕涧声响与姿容

自由自在不受约束的畅快

在山川峡谷任意驰骋

站在岸边，缀满思绪

心境似乎明澈了许多

在生命的溪流中

让溪流之美超脱心灵

去守候一颗淡泊之心

拥有一份淡然之美

水墨田园

走进田园

就走出了城市单调的素描

这里是一幅浓情的水墨

有扑面而来的阵阵清风

伴随着农作物哗哗作响

田园粼粼的水面

这里清幽宁静

虫儿在根叶轻歌

小鸟在上空巡逻

鹅鸭慢悠悠在水边小憩

小羊在绿地低吟成行

农忙时节，满是朴实憨厚的乡亲

农作场面深厚而缠绵

谁看到，都会

柔柔的风儿入梦

浅浅的思绪飞扬

秋　天

秋天很温馨

田野情不自禁地敞开胸怀

把蕴藏许久的秘密展示枝头

累累果实如一挂挂金色铃铛

激起一阵阵远方的回声

殷殷胭红似初恋少女的情韵

熠熠放射出青春的瑰丽

秋天很豪爽

没有许诺，只有实际

没有炫耀，只有奉献

采一枚成熟的果子

你品到了不仅甜蜜还有艰辛

摄一卷绚丽的风景

你得到了不仅陶醉还有思索

走进秋天，就走进了充实

多彩的季节

秋天来了，田野黄了
稻穗弯腰在亲吻着土地
无法把那张笑脸抬起
熟透的苹果沉甸甸的
把树枝压低了头
柿子挂在树枝间
像金灿灿的小灯笼
花瓣摇动着身躯
好像在和花秆告别
火红的枫叶
却比鲜花更加迷人
浓浓的秋意
是丰收、艳丽、多彩的
我喜欢秋天

初冬荷塘

在纷纷扬扬的落叶间

初冬的荷塘

谢去芬芳的花

摘去脆甜的果

落去遮蔽的叶

褪去滴翠的衣

仿佛才经历过一场大战

呈现出荷塘不屈的雕塑

或立、或斜、或折

意兴阑珊形态各异

惨淡凄凉却孕育生机

水下的十万埋伏

蓄势来年待发

仁山村即景

贵谷山脚下有个村落

江水安静地躺着

泊着一叶午休的扁舟

纵然没有白帆点点渔歌悠悠

白鹭似乎也在回家路上环绕

默读着

一天的云卷云舒

聆听着

鸡鸣犬吠农人耕作声

在流经似水的年华里

仁山人家与诗意

就这样交织在一起

寒冷中的孕育

不知不觉冬天向我们走来

很少人喜欢冷得发抖的冬

对四季劳作农人而言

冬是孕育希望的季节

秋收后，种下了冬小麦

冬日北风萧萧

冬小麦没有哭泣

尽管小动物安稳冬眠

冬小麦却坚强面对不忧伤

它在悄悄积蓄着力量

给寒冷带来生机

冬去春来

它抖抖身上泥水

露出嫩绿的笑颜

一场雪

福州突如其来下雪了

像天堂里下凡的小天使

舞着轻盈洁白的翅膀

在空中旋转

飞舞，来到闽江两岸

悄悄地飘到鼓岭

那神奇的画笔

绘出人间仙境

我憧憬着美丽雪花

喜欢这雪的洁白

此时，心灵追随着洁白

读出万物的灵性

让纯洁得到升华

草坪灯

夜色浓浓

一盏盏草坪灯

发出柔和的光

悠悠漫步

生命活跃在不息的灯火里

灯，沉默着

照亮鲜活的草木

成为人们生活的别样享受

人生起起落落，风风雨雨

不时会使人陷入困境

灯火犹如星空的北斗

引导人们寻觅前进的方向

给人带来美丽与温暖

给人注入觉醒

让信仰点亮人生

诗二首

控疫情

越过冬雪候春雨，
击败病毒尚有时。
众志成城已燎原，
三山拯救见奇迹。

茶花美

春风和暖阳来临，
茶树叶片绿苍苍。
鲜艳花儿满枝头，
快乐穿上红衣裳。

七绝诗二首

桃花赏赋

桃花园地竞相开，

蜂蝶游人沓至来。

莫恨韶光留不住，

来年再上望春台。

乡村四月

四月山花处处妍，

田园秀色人人羡。

乡亲热火春耕忙，

渲染青秧十里田。

七绝诗二首

荷

青荷与水一生牵，
夏日晨雾戏塘边。
出水芙蓉多雅洁，
柔情仙境意缠绵。

晨

景秀群山似画屏，
阴阳二气蕴森林。
神湖载桥农夫忙，
阅尽人间冷暖情。

诗二首

难遇一景

明月挂天空，
入画雨帘中。
孤舟波静处，
谁是捕鱼工。

晨　辉

日出东方次第妍，
湖光秀色使人怜。
琼林靓影画中看，
渲染大地万里天。

七绝二首

记　忆

风和日丽六月天，
青禾蔬果醉田间。
孩童散学来堤上，
放飞风筝快乐仙。

草原即景

草原胡杨数百年，
清新自然嫩草鲜。
成群牛羊牧歌声，
旖旎风光醉人间。

黑天鹅

一平如镜园博湖，
悠闲游弋黑天鹅。
颈曲仙姿浮靓影，
翅开婀娜映香荷。
羽毛锃亮黑之美，
声喉如吟唱妙歌。
闲步博园清波里，
细赏天鹅天伦乐。

咏　荷

风拂瑶池清水湾，
娇妍荷花满塘香。
擎枝嫩蕾随风荡，
仰面翠盘露珠亮。
蜻蜓双双来造访，
倩姿袅袅在飞翔。
盛夏时节荷塘醉，
沁人心脾令人向。

美丽乡村

美丽乡村齐农舍，
小径绿荫好清秀。
古榕浓叶挡烈日，
泉水叮咚向东流。
十里葡萄晶晶亮，
一路火龙圆圆球。
鸡鸣狗吠斜飞燕，
碧水青山美景牛。

秋之韵

时序入秋好风光，
硕果繁花处处香。
绿荫森森驱暑气，
江水浩浩迎清凉。
朝夕依然蝉儿闹，
晨昏总见彩蝶翔。
金秋丰年谁不乐，
霞光送喜百姓祥。

临江仙

秋游感赋

曾叹天边烟雨色，
而今感慨秋风，
落叶纷飞人独往。
徜徉秋世界，
兴致觅秋踪！

多少当年难忘事，
已随溪水淙淙，
岁月静好亦流逝。
暮岁梦年少，
人醉秋霞中。

中秋赏月

明月秋风送爽来，
心情愉悦上露台。
遥望星空月儿圆，
近观大地幽香挨。
今宵赏月庆双节，
心随素色好澎湃。
华夏难得双喜日，
福满人间同喝彩。

嵩口古镇

山庄胜景古民居，
青瓦土墙飘炊烟。
风土人情三秋韵，
翠集珍品万物妍。
甘泉老井不干涸，
饮水思源润心田。
宾客纷来同审美，
音画时尚入诗篇。

豪庭小憩

东山天凉好个秋，
客醉豪庭梦中休。
辉煌雅集林峰手，
朝晖引领婉茹绣。
比翼双飞富裕路，
海滨共创萃名流。
频举清茶无多语，
登高遥祝乐悠悠。

金秋二则

一

云淡天高风送爽，
叶落飘零意蕴含。
遍地金黄五谷香，
勤劳致富苦奔忙。

二

明艳菊花吐芬芳，
蓝天白云雁几行。
丰收景象喜开怀，
欢声笑语歌飞扬。

杜鹃花开

千株含润露，
花娇烂漫红。
风暖公园里，
春和杜鹃中。
翠鸟落花间，
蜜蜂舞上空。
此景似图画，
丹彩灼春融。

山　居

空山新雨后，
武夷来春游。
松间微微风，
溪水潺潺流。
翠竹淅沥沥，
茶树云悠悠。
随意春芳歇，
惬意自可留。

观园博苑感赋

盛景博园气若曦，
风情浓郁视野宽。
巧夺天工杏林阁，
熠熠生辉月光环。
万鸟齐飞遥可望，
鱼翔浅底近可观。
水在园中展画卷，
园在水中落桂冠。

咏园博苑花卉

博园辉煌气若虹，
五彩荟萃舞凤龙。
蝴蝶恋花搜香韵，
鸟儿悠闲觅新踪。
灿灿花朵凝晓露，
铮铮玉骨衬杉松。
巧工翻作深富华，
生态和谐花影重。

鹧鸪天

贵安山水

感悟回归大自然，
贵安风景鹧鸪天。
青山放眼皆图画，
绿水弹琴似管弦。

山叠嶂，
水潺潺。
欣观云朵挂山边。
悠游江旁心陶醉，
疑在红尘疑似仙。

鹧鸪天

踏　青

情寄青山绿水间，
踏青一路鹧鸪天。
弯弯曲径云端绕，
潺潺溪流水澈清。

松色翠，
柳含烟。
异草奇花迷眼帘。
天朗气清一路行，
美景相伴真欢心。

踏莎行

凤尾花海

宛若孔雀，
凤尾鸡冠。
红黄橙红抹亮色。
俯瞰博园换新装，
视觉冲击花娇中。

海湾风轻，
遥影秋梦。
幽园观赏神情悦。
花海描绘深富华，
只把秀色酬一方。

鹧鸪天

天马山抒怀

岁月匆匆万事休，
闲来闽西山中游。
风光扑面双眸醉，
看尽山色整座城。

天马山，
栈道长。
兴致勃勃走着聊。
但愿老友皆体健，
享受天伦颐寿康。

除夕夜

爆竹震响一岁除，
牛去虎来乐翻天。
窗外声声流彩闪，
室内簇簇盛花鲜。
屏前欣览春晚秀，
笔下皆品幸福甜。
饮酒赋诗添雅趣，
今宵华夏共贺年。

春 节

瑞雪纷纷送寒冬，
新春伊始旧岁终。
千家彩灯喜气洋，
万户丰肴年味浓。
共度佳节春意暖，
乐享良辰欢声动。
人民向往小康梦，
满怀豪情创繁荣。

乡村春景

三月春风紫气柔，
萌苏万物醒龙头。
满山桃李红如锦，
遍野禾苗绿似绸。
黄莺处处歌丽日，
紫燕家家唱新楼。
乡村农事忙无尽，
躬耕春泥听牛哞。

油菜花田

油菜争春三月艳，
花开朵朵铺金毯。
小鸟空中依云舞，
蝶儿平川伴景忙。
风来涌浪无边际，
香气扑鼻醉艳阳。
又是丰收年展望，
田家雅诗绘满仓。

罗星公园

罗星公园任我游，
风光入眸好心情。
凌云宝塔飞天外，
七娘塑像立台坪。
老榕新叶枝繁茂，
陡崖翠壁石阶平。
忽闻涛声收耳畔，
此地尽是好风景。

旗山湖公园

漫步新园旗山湖,
生态文化景色彰。
榕城古厝根雕塑,
湖光山色鲤鱼藏。
绿草如茵铺碧玉,
繁花嫩叶扮春芳。
生机盎然令人赞,
荡气回肠久远长。

鹧鸪天

绿 化

三月山川沐浴光，
春暖栽树大家忙。
喜观城市公园绿，
欣看乡村路旁苍。

描大地，
绘生态。
锦绣家园换新妆。
造林植树千秋业，
鸟音婉转赋诗章。

第三辑　超越自我

咏　竹

竹，身形挺拔
宁折勿弯
堪称正直
永远挺着傲骨

竹，虽有竹节
却不止步
勇往直前
节点不代表终点

竹，外直中空
襟怀若谷
身心坦荡
不与百花争艳香

竹，载文传世
坚韧执着
励志向上
竹韵悠扬被赞颂

信　仰

没有永远荒芜的土地

没有永远干涸的河流

只要有了信仰

土地再贫瘠

不会拒绝一锄一镐的耕耘

河流再干涸

不会藐视涓涓细流的汇聚

信仰是灯

跋涉于茫茫戈壁的驼队

纵然历经千难万险

仍不忘执着地负重前行

只因不失找到绿洲的信仰

人失去信仰，也就失去目标

生活中有了信仰

就像有了冉冉升起的太阳

事业中有了信仰

就像有了攀登险峰的拐杖

信仰，让人变得气度非凡

跨越自己

我们可以欺瞒别人

却无法欺瞒自己

当我们走向深冬时

寒冷就不再是个迷

前方的路

总有冰川有大雪

要一直保持最初的浪漫

真是不容易

有人胆怯

有人坚持

当我们跨越了冰雪世界

也就跨越了一个真实自己

思　考

在喧嚣中独守一片宁静

守着生命如初的美丽

珍惜上天赐予的点点滴滴

感悟人生，且行且惜

心灵安顿了

平衡了，丰盈了

我们的人生也就快乐了

珍惜最真的情感

感受最近的幸福

享受最美的心情

任时光流转岁月变迁

不抱怨，不言苦

不忧伤，不认输

压抑了，换个环境深呼吸

困惑了，换个角度静思考

失败了，蓄满信心重新来

五一节感怀

劳动，是一种自然的美

让人们感受到

春的繁花似锦

夏的热情奔放

秋的丰收景致

冬的阳光明媚

劳动，你呼吸着清新空气

闻着泥土气息

聆听着季节的苏醒

寒来暑往

在大自然中

你会慢慢地放松心境

对过往的杂事

释然于天地

找回真实的自我

只要坚持热爱劳动

收获幸福

时间总会看得见

山 溪

喧闹的山溪奔来了

它们歌唱着，喘息着

行走步伐越来越急

没有什么力量能够阻挡它们

在这支奔腾的溪流里

无法分辨

哪一股从东山来

哪一股从西山来

既然流到一块就携拉着奋进

山溪懂得：它们原本没有路

只有合力冲击，才能

叫山石闪避，沙土让道

山溪懂得：它们原是弱小的

只有挽起手来，才有

那瀑布倾泻的美丽壮观

每个人如同山溪都是一股细流

奋进的路是千回百转的山道

当我们眺望大海的时候

山溪为我们咏起一支人生歌

自　己

歌只唱给自己那是回忆

话只说给自己那是秘密

生命的储蓄罐里

投下的只能是自己的硬币

人生的伊甸园里

洒下的只能是自己的汗滴

不了解自己是人生最大不幸

而深谙自己是人生最大痛苦

自己感悟自己是人生的默契

自己热爱自己是生命的感激

在无边的沉默里剖析自己

自己是最好的知己

在绝望的深渊里拯救自己

自己是万能的上帝

自暴自弃自己便是奴隶

自强自立自己就是安琪儿

走过自己才不失为一种洒脱

超越自己才不失为一份坚强

同　事

同事在一起
不怕风和雨
任务难度压不垮
携手齐努力
共同出谋与划策
攻克难关解难题

同事在一起
并肩无畏惧
团结一致手拉手
友爱装心里
工作分工不分家
共同完成新目标

同事在一起
好比手足情
寸有所长尺有短

体谅是真谛

风俗喜好各不同

共同包容有天地

生　命

在人生的海洋里
我们都是泅渡者
大海有惊涛骇浪漩涡暗流
超越惊涛骇浪首先超越自我
超越自己的平庸和懒惰
战胜漩涡暗流首先战胜自我
战胜自己的胆怯和懦弱
生命绝不是绿叶簇拥的红花
更多是荆棘杂草的苦涩
生命绝不是春华秋实的满足
更多是夏暑冬寒的承受
有人说，独处是美沉默是金
在生命进程中要耐得住寂寞
有人说，凄凉是诗悲壮是歌
在生命现实中要经得起挫折
生命的内涵在于进取
生命的意义在于拼搏

战疫曙光

新冠病毒袭江城，
唤起国人抗疫情。
武汉遭难千家惦，
全国援助万里行。
白衣天使救患者，
春暖花开阴转晴。
坚持抗疫驱病魔，
同舟共济曙光迎。

赞深富华

如果，让我唱一支歌

那我就唱深富华之歌

城市的美容师

美好生活的开拓者

如今为什么游人如织

满园笑语欢歌

除了那个自然造就的美景

更有双手描绘的景色

那一簇簇盛开的三角梅

是火，是花，是叶

那一处处伸展的绿树

如诗，如画，如歌

我问小草树木和花朵

是谁让你们体味到祥和

是谁让你们感受到欢乐

异口同声回答：深富华

机　会

干柴遇不到火不会燃烧

千里马碰不到伯乐只能拉车

鲜花开在深山里面无人知晓

英雄怀才不遇只能对天长叹

看来机会是重要的

机会是恰好的偶然性

与思维相联系叫灵感

与境遇相联系叫际遇

与命运相联系叫运气

机会，寻可得，坐可失

想得到它就必须去寻找

果断、准确地抓住机会

机会不爱懒惰人，它爱

有心人、实干家和勤奋者

朋友，机会之舟的舵

愿牢牢地掌握在自己手中

境　界

境界是自己伸出手来

触摸心灵时的感觉

清高是一种境界

淡泊也是一种境界

浪漫是一种境界

雅拙还是一种境界

读书看戏听音乐

可步入艺术的境界

破译斑斓的人生

可探究活着的境界

境界贯穿并丰腴人的一生

许多教师清贫，但一片热心

催桃育李而诠释了境界

天下母亲平凡，却一颗爱心

呕心沥血而破译了境界

有句诗写得好：灵魂在高处

这就是人生境界的全部真谛

告　别

告别是人生的彩链

潇洒地挥挥手

登上出征列车

任飘飞的衣襟

拂去往昔的一切

告别需要眼力

找适合自己的道路

追求心中的太阳城

告别需要胆略

征途的遥远与曲折

闯入一个陌生世界

告别需要果断

那丝丝缕缕的情怀

全被义无反顾替代

当你告别往昔

走向新天地的时候

才明白世界这么广阔

生活竟这么可爱

刚柔并济

倘若世间只有刚就容易断裂
像大地被烈日长久炙烤一样
倘若世间只有柔就容易扭曲
像一根浸泡了许久葛藤一样
狂风暴雨侵袭小草
小草摇晃一下身子
依然保持了生命绿色
人亦如此
只有刚，那就是鲁莽的刚烈
只有柔，那就是可悲的柔弱
刚往往是外表的强大
柔常常是内在的优势
刚柔相济才是取胜之道
太极也因此长盛不衰
刚与柔便是两只飞行的翅膀

林博升留学赠言

留学，人生开始新的航程
船是勇敢的象征
你是出洋远航的一艘船
一路上难免会有风霜雨雪
求学道路一旦选定
就要勇敢地走到底
相信你不在乎大洋的狂涛
也不会畏惧好望角的巨浪
相信你会以坚定的信念
不懈的努力向彼岸进发
自信，是无尽智慧的凝聚
淡定，是成功路上的驿站
愿你带上一张收获的网
捕捉那五彩缤纷的新成绩

赠菡菡

菡菡赴美把书修，
举杯送别思悠悠。
千虑寻觅显峥嵘，
万里鹏程志向秋。
天涯致远从头越，
墨海扬帆驾轻舟。
寒来暑往竟追求，
来日可期获丰收。

一本好书

取其精华尽在书，
蜜果花香亮明珠。
行行遥远存长久，
句句终凝去缈无。
读书破雾开茅塞，
荟萃哲思乱云除。
丰盈方知书香味，
人生路上踏坦途。

人　生

小时候
人生是一片飘散的云雾
我寻觅
云雾弥漫着

长大后
人生是一块宽广的原野
我勤奋
原野长势着

后来啊
人生是一张丰盈的图画
我珍惜
图画高挂着

而现在
人生是一本厚厚的诗集
我诠释
诗句渲染着

军　号

号声

清脆干净

不拖泥带水

如天籁之音

号声

抚摸着绿色军装

绣出了军人肖像

警醒战士的神经和枪

号声

吹出了过硬作风

吹出了铁的纪律

吹出了步调一致

有了号声

就有雄师的整齐步伐

有了号声

就有一往无前的勇气和力量

八一感怀

带着青春梦想
我踏上从军的列车
从一名青年学生到合格军人
部队是我青春放歌的地方
学习，一笔一划凝聚着进步
训练，一朝一夕记录着拼搏
战友，一言一行传递着欢乐
无私情怀，让天地变得开阔
吃苦耐劳，使人民永保平安
军营历练了我也播撒着希望
然而，铁打的营盘流水的兵
一茬茬老兵从这里回到家乡
告别军旗，脱下军装
此刻，我献上一个神圣军礼
荣誉留给过去，退伍不褪色
无论在哪里，我永远是个兵

把握时机

时机未成熟切忌急躁
事业的沙漠刚刚开垦
便想栽种花朵，拔苗助长
这不会有收获

时机成熟像浮云飘然而过
这会犯保守的毛病
事业的航船已到了转折点
加速的时机已经到来
却熟视无睹
这会错过机会

学会把握时机
是人生的一大课题
时机只有同人的眼光结合
才真正不会错过

思　索

被开拓者所驾驭

以犁一般的锋刃

在人生的道路上深插下去

在茫茫的旷野上深插下去

日积月累

会显现出沉沉甸甸的硕果

会留下岁月掩埋不了的足迹

我们思索

对未来称作梦想

对历史称作回忆

对今天称作行动

别说"太匆忙，来不及感叹"

懒于奋斗的躯体

是徒有虚名的摆设

懒于思索的大脑

是寸草不生的荒漠

学会思索

去感受智慧的锋利

金 砖

你龙嘴含珠出世
其外套金碧辉煌
呈现种王者荣耀

你饱含丝丝精道
倔强无焰的燃烧
唤醒了阵阵激情

你低焦浓郁醇香
不经意化为思绪
却慢慢消失自己

你感受以质为本
生成了新的血液
升腾中留下价值

弯　路

人生最幸福的是走直路

省力而且安全

宁走十步远，不走一步险

人都渴望走直路

但绝对的直路是没有的

人的一生，总在走弯路

山路弯弯，水路弯弯

平地上的路，何尝不弯弯

逆境中，路弯弯

困难时，路弯弯

而成功之路同样曲曲弯弯

不承认弯路的人

就违背了路的辩证法

人生旅途会遇到

山涧、沟壑和河川

此地过不去，绕绕就是了

阐 释

生活是一个无法破译的谜
一万个人就有一万个谜底
生活是一部无字的书
每人都有自己的读法
对胸怀大志脚踏实地的人
像是波涛汹涌的江河
飞溅着希望的浪花
对精神空虚抱着幻想的人
像是行将枯竭的湖泊
散发着颓废的腐气
生活，像浩瀚的大海
不会永远风平浪静
要敢于迎击阵阵狂风
始终如一地向着彼岸进发
生活，是广袤的原野
不会永远清风徐来
要在打击面前不气馁
顽强地去采撷幸福之花朵

赞马塘精神

僻壤山村穷思变，
富裕融合创业路。
产业欣然过百亿，
别墅连绵添银鹭。
人文蔚起追先锋，
初心不忘迈前步。
欢乐和谐歌盛世，
马塘精神来赐福。

五四感赋

晨望霞光满天彩，
神州大地喜朝阳。
中华儿女怀奇志，
现代宏图绣锦囊。
航天科技摘桂冠，
海宫深处戏龙王。
英姿勃发新一代，
誓让民族更富康！

纪念碑

雄伟威严广场中，
留名千古倍光荣。
英雄捐躯求解放，
勇歼匪寇建奇功。
人物雕塑精气神，
历史丰碑碧祥空。
缅怀英烈千秋继，
续我华魂永世龙。

迎国庆

国庆佳节万众兴，
金风浩荡喜连天。
红旗猎猎迎节日，
锣鼓声声歌舞翩。
盛世年华传捷报，
丹桂香里话丰年。
时逢佳日挥一笔，
继往开来欣空前。

岭边亭

党的政策暖人心，
岭边亭村新发展。
青墙白楼衬雅居，
民心道上鲜花灿。
小鸟飞飞穿田园，
鸡鸣阵阵立边墙。
人居舒适真佳境，
笑论今朝是小康。

靴岭尾村

信步山乡雅兴浓，
怡人美景入眸中。
高高柳松经风雨，
层层村落沁腑胸。
方寸之间显创意，
妙手一纸巧作工。
乡村振兴集人气，
文创阡陌客留踪。

踏莎行

观漳州纪念馆有感

滔滔龙江，
挥师漳州。
红军攻取漳州城。
红旗高举映飘飘，
杀敌号声入九霄。

绵绵龙江，
曙辉漳州。
战果辉煌奇制胜。
雄才韬略转乾坤，
伟人泼墨江山绘。

第四辑 变奏节气

立　春

秀色缤纷迎立春，
大地春暖日渐融。
绿芽争春千株林，
蝶蜂嬉戏万花丛。
春意盎然心情妙，
春风拂面欢乐颂。
盈门紫气任飘逸，
福满人间开门红。

雨　水

连日春雨细蒙蒙，
雨水时节入眼瞳。
花开秀美晨湿润，
柳影萧疏暮色融。
绿水长流思泉雨，
青山亮色吟郁葱。
江南烟雨风光好，
飘洒大地映画中。

惊　蛰

一雷响喜音，
恰逢惊蛰时。
日暖又细雨，
草木最欣喜。
地头蛙声鸣，
田间春种始。
节气势而动，
收获丰年里。

春　分

大地涌幽香，
时节送春风。
赤日直射点，
春色正中分。
花开娇艳艳，
燕飞北纷纷。
春分好光景，
追梦忙农耕。

清 明

清明雨纷天，
踏青来山间。
吾辈山中行，
鸟儿戏溪边。
花发杜鹃啼，
芳草碧天连。
此节最思念，
春扫祭祖先。

谷　雨

谷雨时节雨纷飞，
青苗旺盛百花绽。
抬眼群山雾茫茫，
低头溪水欢歌唱。
田园种瓜又点豆，
农人挥汗喜乐忙。
细雨绵绵看今朝，
春满人间阳光灿。

立　夏

绿意频添柳叶长，
小荷贴水点横塘。
丽日灿灿花竞宠，
青山郁郁草争王。
草木兴盛蝼蝈叫，
田畴湿润农人忙。
一派夏韵随手画，
万物生长笑怡然。

小　满

斗转星移叙小满，
气温渐升顶艳阳。
园中榴花双蝶舞，
横塘荷蕾几蜓翔。
南风习习枝果硕，
时雨绵绵稻灌浆。
质朴农民甘吃苦，
一心憧憬果粮香。

芒　种

芒种时令日渐长，
炎风吹拂早晚凉。
北国片片金麦浪，
江南处处稻禾香。
湖边枝头莺鸟啭，
荷塘叶下鲤鱼翔。
大地一派农忙景，
墨客笔下庆丰祥。

夏 至

日沐葱茏紫气萦，
露沾花草亮晶晶。
白云淡抹微风起，
田园繁茂翠鸟鸣。
汗洒大地蛙唱曲，
香飘旷野蝶迷情。
人生如夏千般味，
夏至迎面任人评。

小　暑

天时荏苒暑来苍，
绿树荫浓夏日长。
蛙鼓声响频雷雨，
蝉鸣音噪荔红扬。
禾苗拔节滋阡陌，
菡苕浮动润藕塘。
小暑炎热临初伏，
舒怀更待身体康。

大　暑

大暑炎炎普天烧，
伏天扬威大地烘。
拔节庄稼刚抽穗，
缀果繁枝正孕红。
蝉鸣烈日柳枝上，
蛙唱夕阳草丛中。
一年此季呈极热，
历尽高温盼丰隆。

立　秋

炎炎夏日几时休？
微凉盼来今立秋。
垂柳蝉鸣声不断，
晴空雁过叫啾啾。
田园满地甜瓜脆，
稻谷弯腰粒粒秀。
感叹物华意境美，
诗家词客笔风流。

处 暑

悄悄暑气散，
袅袅凉风起。
天高云影淡，
日远红霞至。
露蝉声渐咽，
禾黄丰景时。
处暑秋韵赋，
缓酌酒庆之。

白　露

仲秋白露降，
寒生自然临。
旦夕秋风重，
昼夜温差明。
田上禾皆熟，
林端叶渐轻。
谁知秋实美？
雁鸣往南行。

秋　分

寒暑平和昼夜均，
凉爽宜人秋分来。
夜半风吹银杏落，
凌晨雨洗菊花开。
雁排汉字南天行，
秋高夕照大地彩。
回首时光情入韵，
阴阳相伴梦瑶台。

寒　露

寒凉深秋云烟天，

秋暮温低露气添。

桂花金彩十里香，

知秋叶落往根迁。

枫中蝶梦含情舞，

一展雁行字天边。

菊绽东篱添秀色，

一秋诗韵硕果甜。

霜　降

凉风入夜袭山峦，
隐穴诸虫蛰伏藏。
旷野斑斓枫正秀，
丹桂珠花溢嫩芳。
雁语南归歌丽景，
仓盈晚谷度冬寒。
友朋相聚品红柿，
作赋吟诗频举觞。

立　冬

秋季终结冷气袭，
蛰伏藏居睡穴窿。
绿水东流尤一色，
青山依旧半葱茏。
东篱菊衰蝶消影，
西塘荷枯鸟返丛。
谁在旷野看冬景？
墨客农夫话初冬。

小 雪

小雪袭寒流，
降水渐增容。
北国琼花舞，
南疆落晚红。
南北一天下，
两地景难同。
静阁书窗前，
寒气飞来浓。

大　雪

节序循环大雪临，
仲冬今始寒风兴。
千花絮落雨烟起，
万树枝条冷气侵。
山中银装松有色，
大地素裹鸟无音。
瑶台阆苑情怀酒，
放眼苍穹醉画歆。

冬　至

窗外梢头月，
四野色苍茫。
人行寒彻骨，
风啸冻河潭。
冬至日光短，
孤眠夜恨长。
炊烟阡陌袅，
鸟绝冷鱼塘。

小 寒

小寒雨蒙蒙，
时令迎冬隆。
万物在凋零，
梅花却落红。
岁景虽相似，
襟怀大不同。
人生一个梦，
寒去又春融。

大　寒

时序轮大寒，
风霜催冷来。
遥望苍山色，
近观枯叶挨。
夜间知寒重，
晨息白霜皑。
大寒逢腊八，
增添一色彩。